Cristino Wapichana

Terra, Rio e Guerra:
a sina de um curumim

ILUSTRAÇÕES DE
MACUXI

1ª edição

Texto © CRISTINO WAPICHANA, 2024
Ilustrações © MACUXI, 2024
1ª edição 2024

DIREÇÃO EDITORIAL	Maristela Petrili de Almeida Leite
COORDENAÇÃO DE EDIÇÃO DE TEXTO	Marília Mendes
EDIÇÃO DE TEXTO	Ana Caroline Eden
COORDENAÇÃO DE EDIÇÃO DE ARTE	Camila Fiorenza
PROJETO GRÁFICO	Isabela Jordani
DIAGRAMAÇÃO	Michele Figueredo
ILUSTRAÇÃO DE CAPA E MIOLO	Macuxi
COORDENAÇÃO DE REVISÃO	Thaís Totino Richter
REVISÃO	Nair Hitomi Kayo
COORDENAÇÃO DE *BUREAU*	Everton L. de Oliveira
PRÉ-IMPRESSÃO	Ricardo Rodrigues, Vitória Sousa
COORDENAÇÃO DE PRODUÇÃO INDUSTRIAL	Wendell Jim C. Monteiro
IMPRESSÃO E ACABAMENTO	A.S. Pereira Gráfica e Editora EIRELI - Lote: 790408 - Código: 120009344

Dados Internacionais de Catalogação na Publicação (CIP)
(Câmara Brasileira do Livro, SP, Brasil)

Wapichana, Cristino
  Terra, rio e guerra : a sina de um curumim / Cristino Wapichana ; [ilustração Macuxi]. — 1. ed. — São Paulo : Santillana Educação, 2024. — (Girassol)

ISBN 978-85-527-2924-2

1. Literatura infantojuvenil I. Macuxi. II. Título. III. Série.

23-184170   CDD-028.5

Índices para catálogo sistemático:
1. Literatura infantil 028.5
2. Literatura infantojuvenil 028.5

Eliane de Freitas Leite - Bibliotecária - CRB 8/8415

Editora Moderna Ltda.
Rua Padre Adelino, 758 – Quarta Parada
São Paulo – SP – CEP: 03303-904
Central de atendimento: (11) 2790-1300
www.moderna.com.br
Impresso no Brasil
2024

LEITURA EM FAMÍLIA
Dicas para ler
com as crianças!

http://mod.lk/leituraf

*Para minha filha guerreira,
Amanda Sampaio, e para meus netinhos,
Isabella Tamysly e Michel Vinícios,
continuação do cordão ancestral.*

Era o tempo do calor namorar nossa aldeia. Porém, a última chuva a nos visitar passou há tantos dias quanto os dedos das minhas mãos. As últimas águas que caíram do céu haviam engordado os igarapés; lagos e rios transbordaram, libertando os peixes para nadarem livres por outros lugares. Cardumes de variadas espécies procuravam os melhores lugares nas margens acolhedoras das águas para desovarem.

O milagre da vida acontecia naturalmente. Incontáveis ovos transparentes revelavam os olhos grandes das pequeninas piabas, que lutavam para romper aquela bolha do início da vida, sob um vigiar atento dos seus pais, contra os predadores insistentes. A sobrevivência de cada nova vida é uma batalha sem trégua, até o seu espírito de peixe o deixar.

Nosso lugar no mundo estava todo vestido do verde, cheio de vida. Os ventos passeavam sobre as copas das árvores em um brincar contagiante. As folhas firmes nos galhos dançavam tamborilando umas nas outras, dando voz ao vento.

Com a mudança das chuvas para outros lugares, longe de nossa aldeia, Kamum andava soberano no céu, sem pressa. Exibia-se confiante como a onça pintada passeando no seu domínio. E as nuvens? Essas apareciam acanhadas como filhotinhos de macacos com frio, diante do calor. Nesse período do início do verão, as nuvens costumam aparecer no início do dia, bem onde Kamum desperta. Ele surge de dentro delas, espalhando seus raios como um grande cocar de fogo. Depois, as nuvens simplesmente desaparecem e retornam quando o sol repousa, repetindo o mesmo ritual do nascimento.

Havia dias que Kamum queria ficar mais pertinho da gente. O calor do início das manhãs era gostoso. No entanto, quando ele chegava mais perto do meio do dia, fugíamos dele. Nos escondíamos dentro de casa ou debaixo das árvores e ele nos procurava com seus raios. No menor descuido das folhas, seus raios tocavam o chão... Quando queríamos nos deixar ser vistos, corríamos para o rio.

Foi num desses dias quentes que chamei meu irmão maior para irmos ao rio.

– Mano, vamos brincar no rio?

– Não – respondeu sem rodeio.

– Então vou chamar o primo para ir comigo.

– Não! Não podemos mais tomar banho no rio – retrucou zangado.

– Que bicho te mordeu? Está parecendo porco-do-mato acuado!

Meu irmão olhou pra mim e seu olhar dizia: Se manda, curumim!

Saí de perto dele, mas não desisti de ir ao rio. Entrei em casa, peguei minhas flechas, meu arco e pensei comigo: Já sou homem! Já tenho mais invernos que todos os dedos das mãos! Faltam poucas luas para o meu primeiro rito de passagem. Por que não mostrar pra todo mundo que sou capaz de caçar ou pescar sozinho? Se alguém me perguntar pra onde eu vou, direi apenas que vou brincar com as minhas flechas.

Vou até o rio e pronto! E vou sozinho! Nem cachorro vou chamar para não me denunciar. Quero ver a cara de todos quando eu aparecer sozinho carregando uma bela caça.

Minha casa ficava no final da comunidade e eu tinha que passar no meio da aldeia sem despertar suspeita. Quase não tinha movimento dentro das casas, só vi as mulheres ocupadas com seus afazeres e algumas crianças brincando.

Continuei caminhando sem chamar a atenção. Precisava passar apenas por duas casas e pela casa grande, onde os homens se reuniam para fazer rituais e discutir os problemas da aldeia. Naquele dia, estavam reunidos.

Olhei para a casa da minha tia, que ficava ao lado da casa dos homens, e lá estava ela em pé na entrada da casa, observando tudo o que se passava por ali. Me dei mal. Tomara que ela não me chame para saber como está minha mãe. Do jeito que é curiosa, não duvido que queira saber aonde vou sozinho debaixo desse sol, que parece que quer falar com a gente de tão perto que está. Não duvido que me mande voltar pra casa. Mas vou arriscar, pensei.

Olhei para frente para não chamar a atenção de minha tia e segui rumo à casa dos homens. Claro que meus olhos se moviam para o lado se contorcendo todo para ver a ação dela. Dava para ver que me acompanhava com um olhar desconfiado, sentindo-se com o poder de decidir meu destino.

– Bom diiia, sobrinho.

O som comprido do "bom dia" encheu meus ouvidos e foi lá onde fazem as pernas tremerem...

– Bom diiiia, tia! – respondi com o mesmo cumprimento dela, na esperança que terminasse o assunto ali.

Continuei andando. Mas desse bom dia comprido dela podia-se esperar qualquer coisa. E não duvidei que, fofoqueira como era, iria na minha casa falar de mim para minha mãe. Mas não me importei.

HOJE VOU MOSTRAR QUE SOU VALENTE E CORAJOSO. VOU TRAZER UMA BOA CAÇA E AINDA VOU DAR O MELHOR PEDAÇO PRA ELA, ASSIM, QUEM SABE ELA ME DEIXA EM PAZ, PENSEI.

Mas, para surpresa minha, a conversa não evoluiu. Quando me aproximei da casa dos homens, vi que eles estavam reunidos e havia dois indígenas na entrada, em pé, como se estivessem vigiando. Onde tem vigias, tem segredos. Como não era de minha conta e minha tia não estava me olhando, desviei por trás da casa dos homens e entrei no caminho que levava ao rio.

Meu plano estava dando certo, mas para ser completo eu tinha que achar uma boa caça e ela a mim. Para facilitar esse encontro, eu precisava sair da trilha e entrar na mata rala. Olhei para ver a posição que Kamum ia seguir. Identifiquei as maiores árvores e então defini que rumo tomaria. Assim que fazem os grandes caçadores. Saí do caminho que leva ao rio, entrei na mata de poucas árvores com o olhar cuidadoso e atento a qualquer som ou ruído e a qualquer coisa que se movia.

Logo vi um mutum, mas eu não queria um pássaro. Queria uma caça maior. Continuei andando e ouvi um som de bicho andando. Parei e fiquei atento para ver que bicho era. Vi passar algo negro que deduzi ser um porco-do-mato. Que sorte na minha primeira caçada!

Tirei uma flecha e mirei. Vi uma árvore grande que poderia me esconder e me abrigar, caso o bicho viesse no meu rumo. Fiquei ali aguardando o bicho se aproximar para lançar minha flecha bem no fatal dele.

O lugar onde eu estava ficava perto de casa e, se qualquer coisa desse errado, correria para a casa dos homens e deixaria o problema por conta deles. Mas claro que eu preferia chegar com o porco que, pelo tamanho, deveria ter o mesmo peso que eu. Se eu o pegasse, daria um jeito de levar. Nem que fosse arrastado. Disso eu tinha certeza.

MAS O MEDO E A CORAGEM ESTAVAM BRIGANDO DENTRO DE MIM E EU TENTAVA ACALMÁ-LOS, NA ESPERANÇA DE QUE LUTASSEM A MEU FAVOR.

Havia grandes árvores espalhadas por ali. A que encontrei, não me permitia ver direito o bicho. Procurei outra que pudesse me esconder, oposta ao vento, para que o bicho não sentisse o meu cheiro de rapaz, senão de físico, pelo menos de pensamento e de coragem.

O porco era um macho grande, que batia os grandes caninos inferiores pontiagudos. Os dentes saltavam sobre o queixo e eram quase superiores ao tamanho do meu indicador. Se conseguisse abatê-lo, seria o maior porco-do-mato já caçado pelos caçadores da aldeia. Assim, eu seria o caçador líder.

O porco parou por um instante para sentir os cheiros. Ainda não o via inteiro, mas a parte fatal do seu coração estava exposta.

Peguei minha flecha com ponta de osso de anta, preparei o arco e puxei a corda com a flecha pronta para seguir seu caminho, no máximo que o arco permitia. A flecha, além de certeira, tinha que ir com muita velocidade para penetrar o couro duro do bicho.

A mira estava pronta. Enquanto esperava que o bicho olhasse para o lado a fim de o alvo ficar melhor, me assustei com os grunhidos de dor do porco, e ele caiu quase morto!

Toda minha destemida coragem fugiu de imediato. Afrouxei o arco, recolhi minha flecha e colei meu corpo atrás da árvore para entender o que estava acontecendo.

Meus pensamentos se atropelavam imaginando as mais diversas situações para justificar o desespero do porco.

No entanto, foram meus ouvidos que encontraram a resposta e era pior do que eu imaginava. Era voz de gente conversando numa língua estranha.

O MEDO SE ABRIGOU NO MEU CORAÇÃO E EU NÃO SABIA O QUE FAZER!

Me encostei na árvore e mentalmente tentei enviar uma mensagem de socorro para meu pai e para os nossos guerreiros. Pedi ajuda ao Criador e à criação, mas nem as folhas da árvore se mexeram.

A solução foi me acalmar e convencer a coragem a voltar. Movi meu corpo para ver o que estava acontecendo e vi três homens se aproximando do porco. Vestiam roupas e pinturas que eu não conhecia. Aproveitei a distração deles com o porco e saí dali como se estivesse flutuando. Quando cheguei ao caminho que leva ao rio, corri desesperado para a aldeia.

Logo vi meu tio na entrada da casa dos homens. Quando viu meu desespero, correu ao meu encontro, gritou para os outros e todos correram para ajudar.

– O que aconteceu curumim?

– Tem, tem, tem gente diferente caçando perto do caminho do rio – respondi ofegante.

– Fizeram alguma coisa com você? – perguntou meu pai.

– Não, pai. Eu estava caçando e vi um porco-do-mato gigante, que vinha na minha direção, mas eles o flecharam e então saí de lá correndo.

– Eles te viram?

– Acho que não.

– Estão em quantos?

– Só vi três – respondi com as mãos apoiadas nos joelhos.

– Já falei muitas vezes que não se pode sair sozinho! É perigoso. Você poderia nem estar aqui! Vá para casa – ordenou meu pai.

OS GUERREIROS FORAM CORRENDO PARA ONDE INDIQUEI.

Ao chegar em casa, sentei, tomei água e fiquei refletindo no que teria acontecido se aqueles homens tivessem me encontrado ou se os nossos guerreiros os descobrissem. Parece que os homens nascem com poucas palavras para resolver uma discussão e partem logo para a força.

Mamãe resolvia conflitos com meu pai de outras formas... com poucas palavras. Toda a bravura dele parecia encontrar nas palavras dela abrigo, razão e o sentimento que os uniu.

POUCO TEMPO DEPOIS DO ALVOROÇO, OS GUERREIROS RETORNARAM COM O PORCO-DO-MATO. ELES NÃO VIRAM NINGUÉM, MAS SABIAM QUE AS FLECHAS QUE ESTAVAM NO ANIMAL NÃO ERAM NOSSAS.

Com a correria dos nossos guerreiros, aqueles homens estranhos, também experientes em caçadas, decidiram abandonar a caça e fugiram do encontro provavelmente violento para ambos...

O porco-do-mato logo foi estripado, dividido entre as famílias. Quem não preparasse a carne para o jantar, certamente iria moqueá-la sob fogo baixo para o calor retirar o líquido.

De qualquer forma, o animal foi bem-vindo, mesmo com o perigo eminente da presença daqueles homens corajosos que invadiram o nosso território e chegaram muito perto de nossas moradas.

Os defensores de nosso povo retomaram imediatamente a reunião, agora com um motivo de extrema urgência.

Eu não era tão curioso, mas queria saber a gravidade do que estavam discutindo. A única maneira de saber era indo até lá, o lugar mais vigiado da nossa aldeia.

Com as minhas flechas e o arco, agora meus companheiros inseparáveis, consegui chegar à casa grande. Encostei meu ouvido na parede de palhas e os ouvi falando sobre uma batalha que estava prestes a acontecer. Eles diziam que precisavam tirar os nossos sábios, as mulheres e as crianças da aldeia e enviá-los para bem longe dali.

— VAI HAVER GUERRA CONTRA NOSSO POVO!

FIQUEI ATERRORIZADO!

Mamãe sempre falava que a guerra trazia muitas desgraças e que não havia vencedor. Todos sofriam. Todas as famílias perdiam entes queridos.

NÃO CONSEGUIA IMAGINAR A DOR DE PERDER UM PAI, TIOS OU UM OU MAIS IRMÃOS, QUE AINDA NEM HAVIAM SE CASADO OU TIDO FILHOS... E OS NOSSOS AMIGOS?

Teriam que locomover um grande grupo pela floresta, atravessar igarapés e rios... e a comida para alimentar todos? E o peso das coisas básicas para a sobrevivência? Carregar águas, alimentos... E as crianças que ainda não sabiam nem andar? E todos os perigos do percurso? E os acampamentos que precisariam ser montados para nos proteger do frio, dos bichos, das cobras e dos outros seres peçonhentos...? Teríamos que mudar de nossas casas, roças, lugares de brincar e colher frutos?

Fiquei pensando como seria complicado sair de minha casa e ir para um lugar totalmente diferente. Pensei nos nossos avós, se aguentariam mais uma caminhada longa...

Embora todos se esforcem para chegar no lugar seguro, sabíamos que o caminho cobraria pela passagem e o preço poderia custar algumas vidas.

Enquanto meus pensamentos indagavam e meus ouvidos recebiam as notícias em primeira mão, senti a ponta de uma flecha nas minhas costelas! Quase fiz xixi. Nem me mexi! Minhas pernas tremeram, as flechas e o arco se soltaram das minhas mãos! Mesmo de costas, fechei os olhos para não ver nem a luz do sol. Aquela ponta de flecha começou a me cutucar, me obrigando a andar em silêncio. Não abri os olhos nem um pouquinho sequer. Continuei obedecendo, até que a flecha parou de me cutucar.

Chegou meu fim, pensei. Meus olhos acordaram, quando ouvi uma voz bem forte dizendo:

— JÁ NÃO TE MANDEI PRA CASA, CURUMIM SAMBUDO[1]?! — ERA MEU PAI.

---

[1] **SAMBUDO:** Menino magro e arteiro.

Que alívio! Saí numa carreira no rumo de casa, que nem me lembrei dos melhores amigos, arco e flechas.

A reunião acabou pouco tempo depois daquela carreira. Lembro-me de que Kamum já havia se inclinado, querendo o ninho de nuvens e entre elas exibir seu grande cocar de fogo.

Os homens entraram nas suas casas e cada um anunciou o que estava acontecendo e o que havia sido decidido. Foi a nossa última noite no lugar onde nasci e cresci. O temido povo que se pintava como cobra grande estava perto demais da nossa comunidade, prontos para nos atacar.

Kamum adormeceu. A escuridão foi preenchendo o mundo, escondendo a nossa comunidade. Os fogos que costumavam aquecer e iluminar as casas não ficaram conosco naquela noite. Nossos guerreiros não seriam atacados de surpresa pelos inimigos.

As brasas foram aprisionadas em panelas de barro. Lá fora, o céu segurava suas estrelas em pêndulos tão velhos quanto a idade do tempo. Embora fossem muitas, as estrelas iluminavam menos que as brasas nas panelas. Às vezes, penso que o fogo veio do céu numa estrela, e as outras, com saudade da primeira, descem à noite do céu.

Nossa família, assim como todas as outras, preocupada, cuidava dos seus dentro de casa, e os guerreiros percorriam os arredores da comunidade preparados para defender a aldeia. Dentro de casa,

os poucos objetos foram embalados para seguir viagem cedinho rumo ao desconhecido.

Eu ainda não podia lutar como os homens, mas estava ajudando nos preparativos para a viagem.

Meus irmãos menores foram descansar, mas o medo ainda passeava em mim e o sono fugia dos meus olhos. Queria ir lá fora ver o que estava acontecendo. Convidei a coragem para caminharmos até o terreiro e ficamos a olhar para as estrelas. Vovô havia falado de um grande caminho de estrelas que formava um grande arco, que ia de uma ponta a outra do céu. "Este é o caminho dos mortos meu neto. É ali que nossos ancestrais caminham fumando o cachimbo ancestral. Por isso, enxergamos uma fumaça por esse caminho de estrelas. Alguns dos nossos, vez por outra, descem para ver como estamos." Assim ele dizia apontando para o céu, quando uma estrela parecia se soltar.

Embora toda a tensão na aldeia, deitado no terreiro sagrado de Makunaima, o céu parecia pertinho. Enquanto olhava, tive a visita de uma estrela que se desprendeu do céu, fazendo um lindo caminho de luz...

Tomara que seja um dos nossos que veio para nos ajudar, pensei. Continuei olhando a imensidão do céu com tantas estrelas, relembrando as palavras do vovô, que nos ensinava mostrando vários desenhos feitos por estrelas. Cada um tinha uma história, algumas bonitas, outras tristes.

As incontáveis estrelas espalhadas além do grande arco ou dos desenhos, que não têm histórias bonitas como as nossas, devem ser gente de outros povos.

Decidi retornar para casa depois daquela contemplação. Quando ia me virando, pareceu que o céu deu uma chacoalhada e muitas estrelas despencaram numa chuva de flechas incandescentes! Foi a imagem mais linda que vi. Encantado, não deu para perceber se as estrelas que desceram foram das nossas ou de outros povos!

Pensando bem... o céu, o sol, as estrelas, a lua, assim como as águas, as florestas, a terra, pertencem a todos os povos. Mas, cada um cria e conta histórias próprias, com toda sua verdade, simbolismo e encantamento. Por isso, as do meu povo são as mais lindas pra gente.

Aquela noite trouxe apenas as estrelas e a escuridão. As famílias se preparavam para a jornada. Antes de as corujas lamentarem por seus cantos, todos se reuniram no centro da aldeia para a conferência final que antecederia a partida. Foram todos conferidos. Dos mais velhos aos bebês. Meu pai se apressou em dizer a todos que o povo da cobra grande estava perto, pronto para nos atacar. Para que

partíssemos em segurança, alguns guerreiros ficariam para fazer a retaguarda e proteger quem estava partindo.

Foi uma noite longa. Somente as criancinhas, que ainda não entendiam as coisas do mundo, dormiram, como filhotes de passarinhos, sob as asas da mãe ou do pai.

Enfim, amanheceu. Kamum estava novamente pronto para cumprir seu ritual para todos os viventes. Ele iluminou a nossa aldeia sem vida. Havíamos saído ainda no escuro, com algumas tochas iluminando o caminho. A aldeia, os banhos no rio, as cerimônias com canto e danças, as festas... passaram a habitar o melhor lugar da nossa memória... as nossas roças agora matariam outras fomes.

AQUELE NÃO FOI APENAS O DIA MAIS TRISTE DE NOSSAS VIDAS, MAS TAMBÉM O MAIS CANSATIVO. CAMINHAMOS ATÉ ANOITECER PARA NOS DISTANCIARMOS AO MÁXIMO DA VIOLÊNCIA QUE UMA GUERRA TRAZ.

Paramos na beira de um igarapé para descansar, onde armamos acampamento. Aquele porco-do-mato com farinha de mandioca iria matar a fome de muitos naquela noite.

Seguimos em frente por alguns dias, abrindo caminho na floresta. Fazendo e desfazendo acampamentos. Caçadores procuravam caças dia e noite para que todos pudessem comer.

Numa caminhada, nunca saímos ilesos. As doenças, desavenças internas, perigos diversos e a fome são partes do pedágio do caminho da vida.

Uma jornada exige silêncio, força, lágrimas, suor, reflexões, determinação e compromisso pela manutenção da própria vida quando nossas forças e coragem estão esgotadas. É com o mínimo de tudo que descobrimos nossas forças, alimentadas pelos espíritos que mantêm as estrelas e o sol no céu, que nunca caem sobre nossas cabeças.

Foi com essa força que chegamos no rio de muitas pedras. O limite do nosso território, do lado que o sol descansa.

Do outro lado rio era o domínio do território do povo Makú, povo inimigo do meu desde as primeiras gerações. Já fazia certo tempo que não havia brigas entre nós. Numa guerra, todos sofrem, especialmente as mulheres, pois são elas que carregam filhas e filhos na barriga e os traz ao mundo para cuidar, vê-los crescer e dar continuidade ao legado ancestral. Foram elas que, com o poder matriarcal, pediram para que deixassem ver seus filhos e filhas serem crianças, jovens, tios, pais, avós e bisas, e são elas que, na sua velhice, partem com o coração cheio de alegria por terem tido uma vida inteira de aprendizado e ensinamentos, legado para os seus muitos descendentes.

Kamum nos deixou fazer o acampamento sob sua benção. Só foi descansar depois da última rede ser armada. Foi a primeira vez em dias que conseguimos nos alimentar bem e sem correria.

IRÍAMOS RECOMEÇAR UMA ALDEIA NAQUELE LUGAR TÃO NOVO QUANTO ESTRANHO PARA NÓS, MAS ONDE SONHÁVAMOS O MESMO SONHO DE PAZ E PROSPERIDADE.

A floresta era mais densa. Não conhecíamos todas as plantas medicinais nem as frutas que poderíamos comer. Estávamos enfraquecidos e havia risco dos Makú nos atacar, pois nossos ancestrais haviam

tomado à força parte daquele território... A vingança Makú era esperada, mas ainda não tinham forças suficientes para um confronto.

Em meio a tantos problemas, meu pai, que era o **TUXAUA²**, ainda não havia chegado e não sabíamos como havia sido a batalha. Eu ficava pensado: Por que que inventaram essas guerras? Por que as pessoas não podem viver em paz com as outras? Será que o destino de todos os homens é o caminho da guerra?

Às vezes, eu não tinha vontade alguma de me tornar homem. Parece que nascem com a necessidade de provar que são uns melhores que os outros. Talvez seja por isso que brigam tanto...

Depois que cheguei naquele lugar, não quis mais brincar com os outros curumins e ficava isolado brincando sozinho.

No dia seguinte, a saudade do meu pai e de todos que ficaram para nos proteger chegou junto com o choro do meu irmão, que aprendia suas primeiras palavras e uma delas foi "pai"...

Estávamos muito preocupados. Eu não tinha ideia do que poderia ter acontecido nesses dias. Será que o que meu pai guardava para me ensinar sobre a vida e o mundo ainda estavam vivos como ele?

---

² **TUXAUA**: líder de uma aldeia.

A minha quietude chamou meu avô para que cumprisse a responsabilidade dele.

– Vamos caminhar um pouco, meu neto?

– Oi, vô! – respondi surpreso. – Preciso levar meu arco e flechas?

– Não. Eles não precisam de banho.

Seguimos para o rio de muitas pedras e entramos na água rasa.

– Está vendo todas estas árvores? Elas brigam desde o dia em que eram sementes. Quando nasceram, já havia árvores velhas que recebiam o calor do sol necessário para crescerem. Todas as plantas buscam conquistar seu espaço e o direito de permanecer ali e dar bons frutos. Suas melhores sementes irão brotar e, um dia, nascerão novas árvores. Este ciclo é importante para a vida na terra. Seus frutos e folhas alimentam uma infinidade de outros seres. Assim também somos nós. Depois que nascemos, lutamos todos os dias para crescermos e deixar nossas sementes. Todo nosso esforço e sacrifícios para chegarmos aqui demonstram a força da vida que habita dentro da gente, que não quer partir. Também estou com saudade do meu filho! Mas creio que ele logo vai chegar para te chamar de filho também.

Meu avô sempre nos ensinava como viver no mundo e os valores da vida.

Cinco dias depois meu pai chegou com alguns guerreiros.

Muitos ficaram naquela batalha para defender o restante do povo. Papai estava ferido, mas logo foi curado com as plantas trazidas pelo pajé.

Do outro lado do rio, os Makú, todos pintados, começaram a fazer grandes fogueiras. Dançavam, cantavam e gritavam com suas armas em punho. Isso não era um bom sinal. Estavam se preparando para lutar contra os poucos guerreiros que nos restavam. Perderíamos com certeza.

Ainda bem que logo chegou o tempo de fazer as roças e sabíamos que eles não atacariam, pois tinham que preparar as suas também. As chuvas retornaram e o rio começou a crescer. Do outro lado do rio, avistávamos algumas crianças e mulheres. Isso era um bom sinal. Não se faz guerra com crianças e mulheres.

Fizemos canoas para facilitar a pesca no rio, mas sempre estávamos atentos aos Makú.

Nosso pai não deixava os curumins usar a canoa, com medo de os Makú nos capturar. Mas numa tarde a pegamos e fomos pescar, sem que os adultos percebessem. Subimos o rio e ficamos próximo da outra tribo.

Os curumins Makú também pegaram uma canoa e ficaram um pouco acima de onde estávamos, na outra margem do rio. De lá, começaram a gritar com a gente.

NÃO ENTENDÍAMOS NADA DA SUA LÍNGUA, MAS SABÍAMOS QUE NÃO ESTAVAM NOS CHAMANDO PARA BRINCAR.

Eles tinham mais ou menos a nossa idade. No grupo deles, havia um que era maior. Ele ficava em pé na canoa, gesticulando coisas feias pra gente, enquanto os demais remavam atravessando o rio. Nós olhávamos e continuávamos a pescar, mas a canoa deles já havia ultrapassado o meio do rio.

Olhei para o meu irmão mais velho e perguntei o que ele faria se aquele curumim caísse no rio e começasse a se afogar. Ele me respondeu sorrindo que não faria nada.

– Então tomara que ele não caia da canoa – eu disse.

Não demorou muito e o curumim caiu no rio. Os que estavam com ele na canoa não sabiam o que fazer e, pra completar, o remo que estenderam para que o menino segurasse, caiu no rio e a correnteza levou.

Não pensei duas vezes. Peguei o remo e comecei a remar para o meio do rio onde a correnteza era maior e as muitas pedras dificultavam as manobras.

Remamos com força para tentar salvar o curumim que se afogava. Meu irmão e outros dois que estavam na canoa também remaram. Quando a canoa chegou perto, pulei no rio e peguei pelos cabelos o curumim que já não tinha força para reagir. Meu irmão, mesmo contra sua vontade, ajudou-me a trazê-lo para dentro da canoa.

O acomodamos com a barriga para baixo e apertamos suas costas. Logo, começou a tossir e devolveu a água do rio. Sua cabeça tinha um corte que sangrava e seu braço não tinha movimento.

Enquanto ajudávamos o afogado, os dois curumins que estavam conosco remaram rumo à canoa Makú que estava desgovernada descendo o rio. Ao chegar perto, jogamos uma corda, mas os curumins da canoa não quiseram pegar. O curumim que salvamos, mesmo fraco, queria pular no rio novamente temendo que a gente fizesse algo ruim com ele, mas o seguramos. A correnteza do rio nos empurrava para o lado de nossa aldeia e logo abaixo havia uma corredeira. As canoas iriam se partir se batessem nas pedras.

Jogamos a corda novamente e, como eles não tinham saída, seguraram firme. Nós os içamos para a beira onde estava localizada nossa aldeia.

Ao chegarmos na margem, os mais velhos vieram nos ajudar. Meu pai ficou muito furioso e preocupado, pois sabia que os Makú agora tinham uma razão maior para nos atacar. Os adultos Makú não viram o acidente e o que havia acontecido entre os meninos. Com a gritaria dos meninos no rio, os guerreiros Makú correram armados para suas canoas e atravessaram o rio.

Meu pai logo posicionou todos os guerreiros, que ficaram prontos para contra-atacar ao seu sinal.

Então surgiram muitas canoas, repletas de guerreiros Makú, todos bem armados. Meu pai nos ordenou a sair dali, mas o curumim machucado chorava por conta da pancada na cabeça, e eu não podia deixá-lo daquele jeito. Eu o tinha salvado e também me sentia responsável por ele.

O pajé logo chegou e começou a tratar o ferimento do curumim, enquanto as canoas Makú se aproximavam com seus guerreiros e suas flechas apontadas para nossa gente. Meu pai não armou sua flecha e orientou que os nossos não atirassem, mas ficassem preparados.

Eu corri e tomei a frente do meu pai com minha flecha apontada para o líder Makú. Ao ver o seu curumim ferido sendo tratado pelo pajé, ele fez sinal para que todos abaixassem suas armas. Ele desceu da canoa e foi até seu filho. Os outros curumins correram e entraram nas canoas do povo vizinho. Meu pai segurou minha mão e baixou minha flecha. O líder Makú começou a falar com o filho enquanto observava meu pai com olhar ameaçador.

O curumim Makú contou ao pai o que havia acontecido. O líder Makú pegou o curumim nos braços e foi para sua canoa. Ele olhou para meu pai e fez um sinal de agradecimento com a cabeça. Olhou pra mim e agradeceu também. O curumim Makú também fez um gesto de agradecimento para mim e senti que ali estava nascendo uma amizade. Caminhei até ele com meu arco e minha flecha e os dei de presente. O curumim Makú recebeu, sorriu e todos foram embora.

Contamos o que aconteceu para nossa gente. Meu pai estava orgulhoso de mim. Não fizemos uma boa pescaria, mas ajudei a salvar a vida de nosso inimigo.

Nosso povo criou uma aldeia na beira do rio. O rio fornecia peixes, a floresta, frutos, e o povo Makú fornecia farinha e tubérculos para nós. Os homens de nossa nova aldeia preparam roças e plantaram. Três luas depois, estávamos nos preparando para a grande festa do início da colheita. Convidamos os Makú para nossa farta primeira festa ali. Tambores e flautas harmonizavam com os cantos, danças e gritos de alegrias. Todos se alegraram, e no segundo dia de festa, os Makú nos presentearam com suas canoas repletas de alimentos.

Nosso medo de guerrear com os Makú se transformou em alegria e amizade. O curumim me presenteou com seu arco e flecha, tirou o seu colar do pescoço e colocou no meu. Em seguida, tirei meus braceletes feitos de pele de onça que ganhei do meu pai e os coloquei nos seus braços.

Não houve mais guerra entre nossos povos. Foi difícil para meu povo se adaptar numa terra desconhecida e alguns dos nossos parentes não sobreviveram às doenças daquele lugar, pois ainda não sabíamos que tipo de remédio poderíamos usar. Mas os Makú, aos poucos, foram nos ensinando a medicina e a conhecer alguns frutos venenosos, que havia causado sérios problemas, especialmente nas crianças. Tivemos que aprender algumas palavras do povo Makú, assim como eles aprenderam algumas nossas.

EMBORA NUNCA TENHAMOS CONSEGUIDO RETORNAR PARA NOSSO LUGAR DE ORIGEM, NOS ADAPTAMOS A UMA NOVA REALIDADE E APRENDEMOS QUE NÃO EXISTE POVO MELHOR OU PIOR, SUPERIOR OU INFERIOR AO OUTRO. SÃO APENAS DIFERENTES E, COMO TAL, DEVEMOS RESPEITAR CADA CRENÇA, JEITO DE SER, DE VER E DE VIVER NO MUNDO.

SOBRE O AUTOR

Cristino Wapichana é escritor, músico, compositor, cineasta e contador de histórias. Patrono da Cadeira 146 da Academia de Letras dos Professores da Cidade de São Paulo (APL), é autor do livro *A Boca da Noite*, traduzido para o dinamarquês e o sueco e vencedor da Estrela de Prata do prêmio Peter Pan 2018, do International Board on Books for Young People (IBBY). Cristino foi o escritor brasileiro escolhido pela Seção IBBY Brasil para figurar na Lista de Honra do IBBY 2018. Em 2014, recebeu a Medalha da Paz – Mahatma Gandhi. Já em 2017, ganhou o prêmio FNLIJ nas categorias Criança e Melhor Ilustração, o selo White Ravens da Biblioteca de Munique e foi finalista do prêmio Jabuti, repetindo o feito em 2019. Em 2021, alguns dos seus livros foram selecionados para o clube de leitura da ONU. Em 2023, um dos seus contos foi publicado na coletânea *Apytama – Floresta de histórias*, organizada por Kaká Werá, também pela Editora Moderna.

Sobre o ilustrador

Charles Gabriel, mais conhecido como Charles Macuxi, nasceu em 3 de março de 1979, na comunidade indígena de Maturuca, em Roraima. Desde criança aprendeu a falar a língua macuxi e passou a trabalhar como professor na comunidade. Além de dar aulas, Charles fez curso de Arte e se tornou artista plástico. Trabalha com artesanato, faz xilogravura, pinta telas com tinta acrílica e a óleo, e ilustra livros, sempre a partir da realidade e cultura indígena. Atualmente, mora na comunidade Bem Viver, na terra indígena Raposa Serra do Sol, em Roraima.